KB139470

포옹의 방식

권현형
시집

문예
중앙
시선
029

포옹의 방식

권현형
시집

문예
중앙

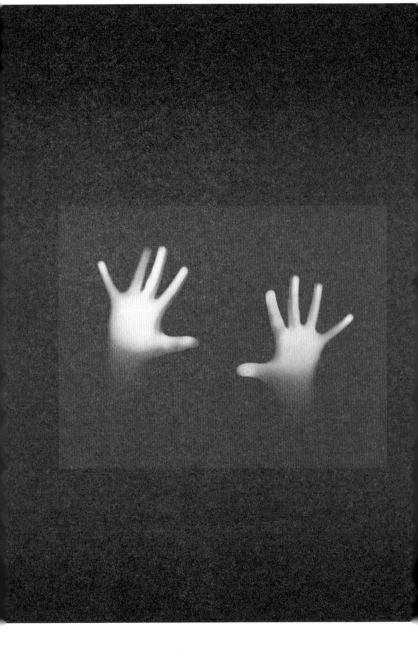

감출 수 없는 속의 말들.
감출 수 없기에 언젠가는
내 시가 얼얼하게 아름다워졌으면 좋겠다.
기대하지 않은 곳에서 생의 가닥을 찾을 때가 있다.
늘 그리운 햇살이 10데시벨의 소음으로
양철 지붕 위를 두드린다. 쓸쓸 명랑하게.

차례

일러두기

한 연이 첫 번째 행에서 시작될 때는 > 로 표시합니다.

1부

저녁 일곱시 해안선

서러워하는 사람이 있다
군 초소가 있고
어시장이 있다 늙은 이발사가 있다
선의 끝에는 무엇이 있나

객지에서 흘러온 게가 고향을
삐뚜름하게 걷고 있다
해안선 끝까지 가보기로 했다

독문과를 다녔고 잉게보르크 바하만의 시집을
옆구리에 끼고 다녔던 골초 혜임은
오래전의 끝처럼 앉아 선을 자꾸 그었다

자신은 비겁해서 가고 싶은 길을
가지 못한 사람 나는 가고 싶은 길을
갔으므로 비겁한 사람

날마다 물고기들의 관을 짜고 김수영과 이백은 아직

좋아하고 먹고 입고 자는 것을 걱정하고
소주 한잔하는 게 서른아홉의 일상이라고 했다

해안선의 끝에는 태초의 비린 어스름이 있다
시(詩)는 때로 썩은 가리비처럼 무용하다
지금 서러워하는 사람에게는 금기다

패엽경

― 비대칭의 슬픔

티베트 경전을 소리 내어 읽는 동안
나무의 한쪽 어깨가 조금 더 무거워진다
나무는 성자가 아니므로
성찰할 때마다 잎이 마른다

엄지와 검지를 동그랗게 말아 쥐며
깊은 호흡을 하는 동안 지상에 없는 그가 생각났다
거울 속 나무 그림자의 오른쪽 어깨가 울창하여

그림자 속으로 손을 집어넣어 만져볼 뻔했다
그도 거울 속에서 감정이 더 진해졌을까
없는 그의 발을 만져보기 위해 허공을 더듬어본다
사라진 자의 신발 문수를 기억하려 애쓰는데

두부 장수가 종을 흔들어 오른쪽에서 왼쪽으로
거울 안쪽에서 바깥쪽으로 돌아와
막 뜨끈하게 쪄낸 두부를 몇 모 샀고
그 사이 한쪽 눈에서만 흐르던 눈물이 말랐다

>

떨어지는 눈물의 낱장을

패엽경처럼 보자기에 싸두어도

비대칭의 슬픔은 다시 울창하게 자란다

역광

서울에 함박눈이 내린다는 소식
우주 밖의 일인 듯 아득해집니다
저는 지금 고대 왕조의 수도에 와 있습니다

무덤과 사원들이 가까이 살아 있습니다

내리는 곳이 아닌 역(驛)에서 마주친 우연으로
운명으로부터 먼 운명으로
이국의 꽃집 앞을 지날 때

격자 창문 안쪽에서 숨은 눈들이
바깥 풍경을 내다보고 있습니다

풍경을 보기 위해 창문이 있는 건 아닙니다
생각을 지우기 위해 풍경을 봅니다

다른 사람을 쳐다보지만 그 뒤에
가려진 당신을 보고 있습니다

부처는 지워지고 부처 손톱이 자라듯

나무가 성장통을 겪으며 자라고 있습니다

나무 뒤에, 뒤에, 우리는 아프게 서 있습니다

분홍 문장

당신 눈이 깊어 레바논 우물 같다
꽃뼈가 달그락거리는 소리
닿을 수 없는 곳을 향해 손가락을 뻗는다

다른 이의 무릎을 함부로 베고 누울 순 없다

밤새 격렬하게 비바람이 불었고
아침나절 강물의 얼굴이 궁금하다
조약돌 위에 이름 모를 짐승의 내장이
생의 군더더기 없는 형해(形骸)처럼 남아

꽃을 자루째 털린 산벚나무가 하루 사이
폭삭 늙어 있다 다른 길이 없다

꽃은 인간을 닮아 있고
인간은 남의 가슴을 파고든다
간밤 어디론가 사라진
분홍 몸피의 다급한 문장이 궁금하다

\>

어쩌라구 어쩌라구, 그런 말이었을까

끝에서라도 끝에서라도, 그런 말이었을까

금요일 저녁의 위로

버마 망명 시인이 유리잔에 소주를
따르고 스스로 마신다
술잔의 각도를 꺾지 않고 직선으로

견디는 이방의 한 방식을 지켜보다가
그의 심장에 페이소스가 들어 있는 듯하다고
나는 비문(非文)으로 위로했다
예스, 깜박이는 큰 눈이 젖어 있다

어쩌다 이국의 망명자와 마주한 탁자
이 분의 일의 가능성을 숙고하듯
정부(政府) 대신 정부(情婦)를,
망명 중인 사랑을 생각한다

당신을 보면 심장이 아픕니다
아프리카어로 구애를 받은 적 있다
그에게서 풀냄새가 났었다

＞

누구나 망명의 시간을 갖는다

온몸을 풀로 베인 사람처럼

모든 것을 눈으로 말해야 할 때

붕대를 감은 금요일 저녁이 천천히 지나갔다

포옹의 방식

이윽고 뜨거움이 재가 될 때까지
그들 머리 위 자귀나무는 바람 불지 않는
저녁의 골목을 흔들 것이다
골목 주택가의 닫힌 철문 앞에서
닫힌 시간 안에서 남자와 여자가 껴안고 서 있다

사이를 떼어놓을 수 없는 부동의 석고상처럼 보이지만
여자의 등 뒤에 두르고 있는
손가락 사이에 담배가 물려 있다
연인과 무관하게
철학자처럼 건달처럼 사색하며 거닐며 타오르며

그가 포옹에 몰입하고 있는지 의심스럽다
뇌관이 터질 지경으로 달리는
팽창하는 여자의 등, 순정한 척추의 비탈이 보인다
매끈한 생머리의 가닥을 묶은 노랑 고무줄 때문인지

여자는 단거리 마라토너로도 보인다

남자의 분열된 손가락을 담배를 볼 수 없는
그녀의 뒷모습은 옮길 수 없는 섬 같다

가령 사랑을 나눌 때 티브이를 켜놓은 적 있다면,
껌을 씹은 적 있다면, 당신의 패(牌)는 경멸이다

한 번 노래하고 아홉 번 걸었다

목이 길어 숭고한 발가락을 난간에 얹어놓고
오래전 사라진 것의 물기가 남아 있다
세 가닥 단풍 무늬 같은 공룡의 앞발 자국
선명한 갑골문자를 새들이 해독하고 있다

그들은 한 번 노래하고 아홉 번 걸었을까
아홉 번 노래하고 한 번 걸었을까

바닷물이 고여 있는 웅숭깊은 발자국을 보니
습기를 머금은 퇴적층처럼 가슴이 뭉클뭉클해진다
그들은 분명히 지나갔다 내 몸속 실핏줄을 따라
해 질 녘이면 지금도 볼 수 있는
여러 그루의 검은 나무들처럼 몸을 흔들며

목이 긴 초식공룡들은 걷는 데 생애를 바쳤다
남쪽으로 걸어가는 무리들의 그림자가 눈에 선하다
느릿느릿 제 무겁고 아름다운 음영을 어깨에 싣고

〉

남쪽으로 걸어간 걸음을 곰곰이 읽다가

버스 정류장을 놓쳤다

나는 한 번 노래하고 아홉 번 걸었다

착란, 찬란

내가 껴안고 있는 것은 나 자신의 무릎이다
똑같이 생긴 두 개의 해골이
서로 황량하게 껴안고 있는 티베트 그림˙처럼

다슬기가 난 왜 자꾸 오디 같은지
다슬기 국을 먹으며 오디 국이 맛있다고 말한다
야생의 곰취 나물을 먹으며 짐승의 비릿한 발자국
냄새를 맡는 저녁, 다가오려는 사람에게서 돌아선다

무릎이 닿을까 봐 무릎 두근거리는 소리를 들을까 봐
뒷걸음질로 어둠에 혼자 갇힌다
맨손체조를 하고 오금희를 추며
호랑이가 되었다가 새가 되었다가
곰이 되었다가 사람이 되었다가 착란을 거듭한다

무릎으로 좋아하는 사람이 있는 곳까지
먼 거리를 기어간다는 적극적인 구애가 부러운 저녁
할 수 없는 일이다

가슴 한복판에 닿기까지 사람이 되기까지

나는 단 한 번도 남의 무릎을 갖지 못했다

• 앙드레 말로 「인간의 조건」에서.

물과 싸우다

아름다운 시란 아편 혹은 술이다.
그것은 신경장애를 없애주는 섭취물이다.
— 바슐라르

막걸리를 마시다가 당신은 하루 종일
눈물이 흐른다고 했다
결국은 싸움인데, 싸움에서 지면 안 되는데

진흙 속에서 싸우는 것보다 물과 싸우는 건 어렵다
물이 묽다고 생각한다면 오산이다
무장해제된 채 흘러 다니므로 아픈 줄도 모르고
당신은 끊임없이 죽어가거나 끊임없이 살아날 것이다

나는 아이를 낳은 후 심장이 하나 더 생겼다
눈물이 흐르지 않는데 슬프면 배가 뜨끈해진다
복부 쪽으로 흐르는
눈물의 임파선을 하나 더 갖게 되었다

이제 물과 싸울 자신이 생겼다
11월 춘천, 바슐라르 물의 상상력이
희미하게 언급되는 밤, 감정의 윤곽이 잡히지 않는다

하늘에 별이 보이지 않는다고 생각했다
그러나 구름 속에 희미한 별무늬가
상흔처럼 찍혀 있다

나는 피가 흘러가는 소리를 듣는다 수면 아래로

최초의 방

식물들이 나를 버릴 수 없어
썩은 뿌리로 살아 있었다
단 한 줄기의 강낭콩처럼 살아 있던 방
불면이 싹을 틔우고 잎을 기르고 무성하게 벽을 덮던 방
나를 기르는 식물들이 나 대신 깊고 푸른 잠을 잤다

책상이 밥상이고
밥상이 책상이고 습기에 젖은
책 냄새가 살 냄새 대신 방 안 가득 떠다니던 그곳에서

베개를 껴안고 가난한 몸이 달아오르던 방
내 몸이 내게 가장 뜨거웠던 성채
낮은 천장 아래 그림자가 일어나 느릿느릿 세수를 했다

바닥에서 길어 올린 쌀로 한 끼 밥을 지었다
그림자까지 살아 있던
뼛속까지 나였던 그곳으로 언젠가 다시 돌아가리라

\>

　자존심 드높은 긍휼로, 나의 자취방으로, 그림자가 광합성하는 곳으로

차오프라야 도서관

도서관 창밖으로 눈발이 흩날린다
몇 년 동안 쓸까 말까 망설이던 편지

봄마다 담배를 끊는 당신께
의자에 앉기 전 인사부터 하는 당신께
소한(小寒)에 이삿짐을 싸는 당신께
엉킨, 비밀의, 눈물 고인, 캐스터네츠, 어쿠스틱 기타,
짙은

경계성 자폐를 앓고 있는 당신 때문이다
도서관 딱딱한 나무 의자처럼 서러워진다
입 밖으로 내보낸 적 없는 밀어들
종신형으로 서 있는 나무를 생각한다

어둠 속에서 혼자 등불을 들고 가는 여자가 있는
타로 카드를 새해에 뽑았다
여자는 가슴 가득 책을 껴안고 잠들 곳을 찾고 있다

>

책은 어디에 있을까 잠은 어디에 있을까
공기와 빈 상자가 서고 가득 쌓여 있는
차오프라야 도서관은 차오프라야 강가에 있다

책을 펼칠 때마다 모래가 와르르 쏟아져 내렸다
나는 언제나 육체보다는 사랑을 원했다

국경지대의 종려나무

야구는 죽어서도 하고 싶은 것입니다
스무 살 벙어리 야구 선수의 뼛속에서 나온 말(言)이
다른 말들과 함께 하수구로 그냥 흘러가지 않는다

죽어서도 하고 싶은 게 있나
닳고 닳은 순간에도 날을 세우는 푸른 모서리

성전환자인 열여덟 소년의 죽은 자취방에서
소주 두 병과 바흐 악보가 발견되었다
소년은 그 무엇보다도, 바흐를 듣는 사람이었을 것이다

국경지대에 양파 다섯 줄을 가져다 놓고
팔던 멕시코 할머니는 양파 한 줄만 팔고
네 줄이 팔리는 동안 죽어갔다 그녀는
종려나무 씨앗을 뿌리며 죽어갔다

야구 선수이며, 야구 선수가 아닌
성전환 소년이며, 성전환 소년이 아닌

멕시코 할머니이며, 멕시코 할머니가 아닌

경계의 무릎을 껴안았고 조금 울었다
소년이 사라진 빈방의 조명이 어두웠으므로

옥수수는 고독하다

돌도 오줌을 눈다는 거
땀을 흘린다는 거
그걸 알고 있으면

돌밭에 심은 옥수수가 달다는 거
옥수수가 뿌리 깊이 고독하다는 거 그걸 알고 있으면

어떻게 고양이와 대화를 할 수 있나요
누군가 물어온다면 정답을 말해줄 것이다

초록빛 보석의 눈은 이미 젖어 있다

입으로는 야옹하면서
눈물을 참고 있는 눈으로 대답한다
그럼요 혼자서도 괜찮아요

미술관 뒤 풀밭에서 제 몸을 붙잡고 가는
야생의 바람과 마주친다

콧물이 수돗물처럼 흐르는 한겨울

나는 아이의 손목을 돛대 삼아 붙잡고 있다

느낌이 좋은 사람

봄눈은 바라보는 자의 눈동자에 쌓인다
첼로와 하프를 위한 흰 눈의 낙법(落法)
저 장엄한 서사의 주인공은

봄눈 내리듯 깨끗이 사라지는 이마

자기 발자국 소리를 천둥처럼 듣는 자
나비, 나비의 흰 망령(亡靈)들

찍히는 자의 혼을 들여다보느라
사진 찍는 데 시간이 좀 오래 걸리는 사진작가의 눈

느낌이 좋은 사람과는 밥을 함께 먹지 않겠다고
고집부리는 너의 이마 위에 봄눈이 내린다

인디언 바람

빨래집게로 집히지 않는 청바지가 펄럭였다

결별이라면 깨끗한 결별, 연애라면 달콤한 연애

바닥에 퍼질러 앉은 바람

배롱나무 한 그루 배롱나무 두 그루

소나무 한 그루 소나무 두 그루

사이로, 당신의 늑골 사이로 불어왔다

마시고 있던 커피 잔을 풀밭에 내려놓고

애무하던 귀를 풀밭에 내려놓고

헤아릴 수 없는 인디언 바람이 손수건만큼 펄럭였다

나는 이동 중이다

짐을 싸고 가방과 함께 자주 입을 닫는다
다른 방법이 없다
목소리가 늙어가고 있으므로
어떤 사태에도 직면하지 않은 자들은
평화를 가장한 자들은 섬광처럼 만났다 헤어진다
아픔을 느끼지 않는 섬모

식어가는 뺨을 이마를 밀착시킨다고 해도
우리는 보기보다 멀리서 흘러왔다
홍수, 쓰나미, 임시대피소, 카펫 위 장미
한 단면을 잘라 직관적으로 말하기 어렵다

속도와 거리와 높이는 고통을
종이로 보이게 하는 힘이 있다
병에 든 소주는 왜 푸른 바다로 보이는 걸까
바다는 왜 병에 든 소주로 보이는 걸까

햇빛의 각도에 따라

내 눈은 블랙박스로 보이거나

아무것도 담기지 않은 백서(白書)로 보일 것이다

2부

헤밍웨이, 카뮈, 전태일

새보다 조금 무거운 그가
전선 위에 앉아 있다
발아래 모래가 운다

전선 위에서 텐트를 치고 한 땀 한 땀
재봉으로 책을 만들었던 전태일은
실핏줄처럼 터지는 빛을 바라보고 있다

카뮈의 질문하는 눈동자와
목까지 올라오는 스웨터를 입은 헤밍웨이의
관자놀이가 전태일과 겹치기도 한다
흑백사진 속 그는 난간 위에 팔꿈치를 올려놓고 있다

시계와 카디건과 흰 고무신이 잘 어울리는 그는
호모 파베르이며 호모 루덴스였다
빛이 얼룩져 오른편 얼굴과 오른편 바지 자락은
물에 젖듯 그늘에 젖어간다

>

걀름한 얼굴의 면과 강인한 턱 선을 포기하기
직전까지, 짐승을 포기하고 화염 속으로
걸어 들어가기 직전까지 그는

들이닥칠 불행이 아니라
들이닥칠 스물두 살의 연애를 예감했을 것이다

유금선°의 구름

여자의 젖은 치마폭에 걸린 구름이
만화방창 흘러가고
남자가 따라갔던 복숭아꽃 길이
능청능청 흘러가고

구음(口音)은 꽃무늬 손수건으로 장구채를
호린다 나비를 호린다
남자와 여자가 무엇을 주고받는가
다만 장구의 노래를
다만 손수건의 구름을

한낮의 먼 곳이 그곳에 있다
몽유의 먼 곳이 그곳에 있다
쟁쟁쟁 지루사,
나나나나 나나나나이 나나나이

저 당초 문양 도깨비 문양 구음은
춘수에 남의 가슴께로

흙을 집어 던지던 여자의 모습과 닮았다

남자의 가슴에 흙을 집어 던질 줄 아는 여자는
도원(桃源)을 아는 자일 것이다

• 동래학춤 구음(口音) 무형문화재.

물곰국이 있는 테라코타

오래전 너는 내 고향 부둣가에서
먹은 물곰국이 시원하더라고 했지
흙이 부족한 테라코타처럼 앙상한 네겐
도치보다 곰치가 낫겠다
심퉁이보다 물곰이 낫겠다

옆 테이블의 살집 깊어 보이는
남자들이 왜 곰치를 시켰는데
도치를 주느냐고 투정을 부린다

밤마다 서울 후미진 골목을 떠돌다
바닷가 소읍의 심장까지 흘러가
허름한 여인숙서 혼자 웅크리고 잠들었을 테지

여자랑 함께 잤다고 해도
여자는 양말처럼 가지런히 벗어두고

바다의 검은 젖만을 밤새

물었을 독해빠진 네게는
순해빠진 물곰국이 시원했을라나
푹 고아 흐물흐물해진

사실은 너,
곰치가 아니라 도치를 시켰던 것은 아니냐

옆모습

옆얼굴은 전생이 스쳐 지나가는 길

옆에 앉아 네 고통을 읽는다
눈 밑에 상처가 나 있다
벼랑 끝에서 돌아왔다고
돌아오느라 자신과 조금 싸웠다고 했다

전생과 자국을 생각하는 동안
오후 세시의 햇볕은 예각을 눕혀
사물의 그림자를 길게 늘이고 있다

옛 격전지에서 유물이 발견되었다고 한다
성 밖 진흙 해자에 엎드린 유골엔
뇌수가 차 있었다는데 뒤통수에
정교한 칼자국이 남아 있었다는데

치열한 싸움의 흔적, 상처의 뇌수는 관계가
정교할수록 깊이 파고들수록 오래 남는다

수백 년이 지나도 사라지지 않는다

머리 위 여름 솔의 열매가 싱그럽다
푸른 살을 이로 깨물면 아프다고 하겠지
살아 있을까 소나무 그늘 사이로 멀어지는

너의 뒷목이 가늘고 말갛다
혹 너의 전생은 가랑비였을까
전생을 생각하다 너를 놓쳤다
그렇게 오래 자국이 살아 있을 줄 모르고

어떤 귀환에 대한 애도

만화방을 떠돌다
찜질방을 떠돌다
자장면으로 일용한 나날,
귀환하지 못하는 동안 오디세우스는

고독할수록
살이 쪄서 영웅이 되었다

페넬로페와 깊게 결별한 후
진실로 몸을 깊게 봉쇄했을까
훈장처럼 남은 한쪽 다리를 절룩거리며 돌아온

어떤 귀환도 충분히 귀환하지 못한다
달콤 쌉쌀한 외박을 맛본 그는 예전의 오디세우스가
아니다
다시 돌아와 품에 안은 페넬로페는 예전의 페넬로페
가 아니다

>

떨어져 나온 깃털, 찢어진 종이, 비에 젖은 사과 궤짝, 버려진

의자, 흔들리는 밀항선의 창문 같은 기분으로 오디세우스는

자신의 귀환을 애도하며 여생을 보냈을 것이다

마시멜로 맛

이름의 부재처럼 신발장이 없는 방
그런 방에서 나도 몹시 앓은 적 있다
창턱에 부츠와 조끼를 올려놓고

달아난 적 있다
이를테면 사랑은 마시멜로
딸기, 순식간에 닳아 없어지는 것
돌아오지 않는 것
마시멜로 맛은 새와 아이들만 안다
딸기 맛은 새와 아이들만 안다

　손을 꼭 잡고 가는 소년과 할아버지의 목덜미가 닮아
있다
　가족들은 자신도 모르게 전염병처럼 뒤통수가 닮아
간다
　자신의 목덜미를 정면으로 바라볼 수 없는 일은
　불행 중 다행이다 새와 아이들과 사랑은

>

믿음이 생겼을 때 맨발로 달아난다

시큼한 사과 씨를 뱉어놓고,

시베리아 횡단 열차

오늘 동해(東海)는 시베리아 횡단 열차를 싣고 있다
너의 대륙적인 천성을 아낀다
늘 각이 서 있는 너 붉은 칸나처럼 싱싱한 너
첫 문장 같은 너 바다 앞에 공항호텔이 서 있다

열차를 놓친 연인이 다만 비행기처럼 날아오를 것이다

호랑이가 나타났던 길이 여러 갈래였을 것이다
아흔아홉 산맥을 넘어온
호랑이가 처녀를 업고 갔던 골목마다
마을마다 떡시루가 바가지처럼 엎어져 있었듯

바닷가 외진 자리마다 호텔이
바가지처럼 떡시루처럼 엎어져 있다
호랑이와 사람, 여자와 남자

바다가 열차와 말씀과 붉은 칸나의 신화이듯
혀와 입술과 음모(陰毛) 대신 시간이 흐른 뒤

호랑이와 처녀 이야기가 남을 것이다

호텔의 얼룩 같은 불빛이 오래 남을 것이다

깎은 손톱의 안쪽

약간 어두운 실내에서
너는 창문처럼 나를 들여다보며
천천히 다가왔어
아가미로 숨 쉬듯

스틸 사진처럼 남아 있는 영원한 한 컷은
몸이 아니라 눈빛이지

빛을 뒤로한 네 눈 속에
아픔이 숨어 있었어
그 눈이 충분히 어두웠으므로
숨어 있기 좋았지

인간이 인간을 어떻게 대하는가
그게 중요해 정점에서
가슴을 안을 것인가
등을 안을 것인가

>

빛을 보고 걸어갈 때와 빛을 등지고 걸어갈 때
어느 때가 더 슬픈지 궁금해

모르핀 감각

그의 입술에서 고대 파피루스 종이 냄새가 났다
부치지 못한 편지에서 모르핀 냄새가 났다
잠꼬대로 무덤을 말했던 날들이 덕분에 지나갔으므로
자장면을 즐겨 먹지 않은 건 잘한 일이다

검고 진득진득한 생의 멍에를 벗고
나는 점점 가볍고 얇고 환해지고 있다
풀코스 중 마지막 메인 요리를
먹지 못하고 큐피드의 화살에 맞았다
그렇게 긴긴 키스 세례를 받게 될 줄은 몰랐다

사흘째 메인 요리를 먹지 못하고 있다
그의 입술을 생각하고 생각하느라 돌아와서
혼자가 되었을 때 나는 그가 되었다 관자놀이에 쇄골에
목에 멈출 수 없었다 여름 저녁이었고 손을 씻어야지
애야
  흙 묻은 손을 씻어야지 애야 아니면 입에 벌레가 들어
간단다

먼 곳에서 어머니가 불러들였지만 대답하지 못했다
나무가 새에

끌리듯 흙 묻은 그의 입술에 혀에 사로잡혔다
모처럼 통증을 느끼지 못했다 통증을 느끼고 싶지 않
았다
나는 무덤을 말했던 날들이 지나간 줄 알았다

돌에 분홍 물들 때

돌에 분홍 스미는 걸 지켜보고 있다

생각만으로 속이 시리다

누군가 내 얼굴을, 얼굴 대신

길이나 꽃을 떠올릴 때가 있을 것이다

단지 그 길 그 연달래 그 봄으로 다시 돌아가게 된다면

길이나 꽃이 아닌 다른 것이 되고 싶을 때도 있다

조금 덜 길고 조금 덜 향기롭고

조금 더 뜨거운 혀나 손이 되었더라면

그러나 뜨거운 건 다시 돌아보고 싶지 않다

>

돌에 스민 분홍을 어찌 뺄 것인가

물방울 관음

로프를 잡고 가파른 나무 계단을 올라가
여럿이 술을 마시던
고색창연은 그 자리에 아직 남아 있을까
그곳에서는 매번 무장해제되었다

매번 탈레반처럼 감정이 격렬해졌다
탁자에 엎드려 있던 내게 누군가 노트를 찢어 내밀며
내가 하고 싶은 말을 했다 너는 누구를 좋아하는 거니

사리와 나는 멍하니 빗줄기를 바라보고 있다
새끼를 많이 낳아 젖몸살에 시달리던 어미 개 사리는
이웃집 닭을 세 마리나 물어 죽이고 위리안치 중이다
하루 종일 쇠사슬에 묶여 있다

장독대와 맨드라미와 비쩍 마른 사리와
나는 하루 종일
장맛비 속에 들어앉아 함께 묵언 중이다
함께 감정의 형벌을 받고 있다

＞

어미 개 사리야, 너는 누구를 좋아했던 거니

닌빈˙의 햇볕

함께 풀잎 모자를 나눠 쓰고
쌀국수를 맛보고 싶었다
모자로 가려도 막을 수 없는
강렬한 햇볕에 함께 시달리고 싶었다

사랑의 영원은 편안하게 함께 국수를 먹는 것
서로의 발톱으로 살 속을 할퀴며 파고들며
천국과 지옥을 왔다 갔다 누리는 것
경쾌한 물소리를 함께 들으며 발목이
연분홍 꽃잎 같은 오리 새끼들을 낳아 기르는 것

농부와 학자로 함께 살고 싶었다
바게트 빵을 아침마다 구워주고 싶었다
길거리 고기를 조심하라 길거리 여자를 조심하라
귀담아듣지 않아도 될 경구를 밤마다 베개 속에
부적처럼 넣어주며 쓸모없는 발코니를 함께 가꾸고
싶었다

누구를 함부로 좋아할 일 아니다
비를 좋아하는 얼굴에는 빗살무늬가
햇볕을 좋아하는 얼굴에는
닌빈의 그림자가 문신처럼 남는다

● 베트남 북부에 있는 고대 유적지.

롤리타

사탕이라도 문 것일까 여자애는 천진하다 침대에 누워
신발을 신은 채 나무젓가락 다리를 까닥거리고 있다
어린 여자는 사랑보다 사탕을 더 탐하고 그래서 남
자는

더 애가 타고 사탕 때문에 울고, 롤리타
어떤 남자들은 헝겊 인형 다리에 고착한다, 접착된다

심야 위성 방송에서 뒤라스의 〈연인〉을 방영하고 있다
목포 신항구 앞 영세 호텔은 횟집처럼 비린내를 풍
기며
밤새 성업 중이다 영화와 현실을 오가며 생을 반복한다

영화는 심드렁하게 끝나버렸는데 겨울밤은 내내 불경
하다
현실의 방음벽은 밤새 불량하다 눈 잠깐 붙이고 아
침에
장지(葬地)인 진도로 건너가야 하는데 벽이 곤두선다

>

　　여자와 남자가 운다 여자와 남자라기보다는 고양이와
개가

　　끝없이 서로를 학대, 확대한다 육체가 거듭 운다

　　윤회라면 넌덜머리 난다

　　모텔 샹그리아의 얇아빠진 귀 덕분에

　　두터운 윤회의 불면을 도청한 후

고통을 탁본하다

침대에 못 박혀 있었다
이별의 순간을 아카시아 이파리로 뜯어내며
아니다, 그렇다
인드라망에 걸려 은어처럼

싱싱한 고통으로 파닥일 때
바라볼 수밖에 없는 비가 있다
안쪽으로 들이닥치는 검은 그늘, 장대비를
너무 아파서 소리 지르지도 못하고
물끄러미 바라볼 수밖에 없는

오래전 강물을 들여다보며 파두를 괜히 불렀다
풍경과 팔짱 끼고 가는 곳마다 사진을 괜히 찍었다
사진은, 슬픈 노래는, 연애는 산 자의 혼을
희고 검게 때로는 푸르게 탁본(拓本)한다

정신이 칠흑의 염료처럼 풀어지는 밤
어쩔 수 없이 금강경을 읽는다

노래를 좋아하는 유령이 지옥 아수라 인간 축생을
반복하듯 서른세 번 다녀갔다

아낀다는 말

남쪽 어느 화단에선가 짐승의 급소에선가
비린내가 독하게 풍겼다

늦가을은 말갛고 멍하고 맹한데
속도감도 광기도 난폭함도 없이
흰 종이 구석에서 수도원처럼 적막한데

사라지지 않은 꽃이 붉은 수액으로 자가수혈하며
흐른을 불고 있었다 자기 자신을 붙들고 있었다

무진(霧津) 좋아하세요?
저는 거기에 아끼는 사람이 있습니다
난간에서 난간을 맨발로 걷다가 마음이 찢어져
낯선 해안의 약국 의자에 앉아 있을 때

아끼는 사람이라는 말이 예감으로 다가왔다
 갖고 싶은 그 말은 꽃잎 한 점과 함께 사라진 화석어
(化石語),

안개와 고로쇠 수액이 쓰인 처방전을 받아 들고 나오며

나를 붙잡고 가기로 했다
자가수혈하기로 했다
아끼는 사람 하나쯤 사라진 지도 위
찾을 길 없는 좌표로 남겨두기로 했다

몸의 남쪽

실은 머리를 늘 남쪽으로 두고 잠들진 않는다
남쪽에 무엇이 있느냐는 질문을 받았을 때
궁한 대로 기원전의 풀과 씨앗이 그득 담겨 있는
가죽 바구니가 있다고 대답했다
녹색이 살아 있을 거라고 대답했다

그러나 잔설 때문인지 몸이 차가웠다
눈이 그친 다음 날이었다
남쪽에 가면 좋을 줄 알았건만
무엇보다도 빨리 따뜻해지고 싶었건만

우리는 각자 돌아누워 잠을 이룰 수 없었다
뜻밖에도 경주까지 내려와서
삼월에 몸이 그토록 식을 수 있다니

몸에 갇히면 몸만 남는다
텅 빈 심연에서 꽃을 피워 올려야 하는
산수유의 노랑 고뇌뿐이었다

﹀

남쪽에서도 남쪽을 그리워하며

아지랑이 같은, 납덩어리 같은 죄의식에 시달렸다

차가운 판화

꿈에 설경을 보았다
머릿속에 눈 내리는
머리카락이 하얗게 세는
백지의 풍경 속에 네가 있었다
포르노를 싫어하는 이유는
지루하게 반복되는 공(空) 테이프
호명되지 않는 육체의 차가움 때문이다
켤 수 없는 악기가 걸려 있는
암흑의 지하 벙커에서 왜
악기 대신 고양이가 참혹하게 갸르랑거리는지
외로울 때 전화하라는 말,
꿈속에서 들은 말인데도 참 쓸쓸해졌다
상이군인처럼 내게 그렇게나 자주
아픈 팔을 내밀어보라니
어쩌면 내 그림자가 속삭였을지도 모를
모래알 같은 말은 색이 짙었다
다시는 전화 걸 수 없도록, 직방이었다

3부

나의 기타 바가바드

미역 줄기를 오래된 필름처럼 햇빛에 비춰본다
그만 길을 버리자
버리려고 할수록 길은
손바닥에 발바닥에 달라붙는다

초봄의 바다는 누군가 걸어온 길처럼 어둡다
과거 가운데 어두운 과거
코발트블루 앞에서 무릎 꿇고 싶다
첫 맥락이 어떻게 시작되었는가
물의 근심이 그 속에 담겨 있다

마당의 응달이 햇볕에 녹고 있었고 깊이 감춰둔
초경의 빨래를 외조모께서
욕지거리를 하며 찬물에 헹구고 계셨다

바다의 어두운 심층을 방언처럼 읽는다
초경(初經)의 어느 날을 다시
꺼내 읽는다 부모 없는 태초의 바다

>
　바가바드 기타, 역설적으로 푸른 역사가 펼쳐지리라

봄날의 종묘상회

무의식의 고랑에 상처투성이 배추처럼 들어앉아
4B 연필로 가느다랗게 감정의 떨림을 그린다
그때의 나는 트라우마가 있는 사람

씨앗으로 묘목으로
꽃을 바라볼 때마다 흐느낌으로
어쩌면 신은 텅 비거나 가득할 것이다

드로잉을 잘할 수 있다면
나도 루이스 부르주아˙처럼
앞 건물이 잘 보이는 창가에 앉아
즐겁게 나무를 거꾸로 그릴 것이다

건너편 신들의 처소를 훔쳐보는 일을
세상에서 가장 좋아하는 일로 여기며

깊이 빠져들지는 않고

>

약간의 죄의식을 느끼며, 흰 커튼 안쪽

신들의 맨발이 아름답게 움직일 때마다

• 프랑스 화가.

사물의 기원

찢어진 책이 배달되어 왔다
각주가 달리지 않아 당신 속을 모르겠다

세 살 아가는 속이 상할 때마다
엄마는 내 속을 몰라, 하며 운다
울음의 속을 휘저어놓는 물보라 눈보라
겨울나무가 앓고 있는 우울증의 파편들이
침처럼 튀어 이마에 내려앉는다

저물 무렵의 겨울 정미소를 지나며
잇몸이 시리다 속을 알 수 없는 채로
수확의 계절이 지나가고
아침마다 잠에서 깬 세 살 아이는
제 방 문밖으로 나오며 치열하게 물어온다
아무도 없어요?

　나도 사실은 세 살부터 지금까지 문밖에서 질문을 해
왔다

신우대 숲 사이로 나무 한 그루가 다리를 절룩이며 사
라진다

오래전 화개장터에서 통째로 삼켰던 은회색 빙어가

세계 전체에 의문부호를 걸어 흔들어놓는다.

아무도 없어요? 아무도?

습새라고 했니?

이리 와봐, 습새라고 했니?

등 두드려줄게

오후 세시 반 늦점심 먹는 걸 보니

혼자 밥 먹기 조금 그런가 보다

조금 그러해서 미루고 미루다

뼐을 읽느라고

신문이라도 읽느라고

고개를 수그리고 있구나

흰 가슴이 몸의 절반인 새야

엊저녁 대관령엔 폭설이 내렸단다

앞가슴까지 눈이 차올랐단다

춘삼월에 내리는 눈은

시름이다 찬밥이다

흰 에이프런으로 만든 시름을

앞섶에 몸의 절반에 두르고

국물도 없이 물 빠진 갯가에서 식사 중인 새야

이리 와봐, 손 따줄게,

바늘로 너의 박복을 한 번만 콕

따끔하게 찔러줄게

흔들리는 키스

간현협곡에선 종잇장 얇은 생을 안고
옛 노래책에 나오는 사슴이 백척간두를 오르고 있다
다 저녁에 무리 지어 암벽등반을 하고 있다

높은 장대를 신고 상수리나무
숲 속으로 막 자국을 남긴 한 걸음이 떨린다
골짜기가 흔들린다 절벽 위로 기차가 지나간다

혁명가를 부르다 오지 않은 혁명 때문이 아니라
지나간 첫사랑 때문에 운다
막걸리 주전자 뚜껑에 비친 제 얼굴을 들여다보며
운다

두 연인이 쉼 없이 키스를 나눌 때마다
두 나무의 그림자가 흔들리는,
서로의 환영에 사로잡힌 밤

물이 얼음장처럼 차가운 계곡은

기차가 지나갈 때마다 운명적으로

가파르게 흔들린다

지원의 얼굴

붉은 흙에 새긴 마음 때문인지
권진규의 조각 〈지원의 얼굴〉이 좋았다
사랑을 받는 것은 얼굴이 살아 있다

스무 살의 비 오는 날은 노랑 우산의 환(幻) 속에 숨
었다
벗어버리고 싶은 집, 구석, 언제나 밖이 좋았다
신발을 신고 나서면 다시는 돌아가고 싶지 않았다

튤립이나 입을 노랑 비옷을 누가 입다 줬을까
시간이 흐른 다음, 사람들은 모르는 이를
노랑 튤립을 나라고 말해준다
나는 어디에 있었을까

누군가 내 얼굴을 조각끌로 심장에 새겨둔다면
진흙으로 남을지라도 패배자라는 생각은 들지 않을
거다

＞

그가 나간 다음 우리는 그의 등 뒤에 대고 말했다

저자는 왜 저리 고독한 거야

내가 나간 다음 등 뒤에 대고 사람들은 말할 것이다

저자는 왜 저리 고독한 거야

오케 레코드

미닫이문으로 드르륵 닫고 싶었던
귀를 막고 싶었던 애끓는 노랫말
불온한 공기가 귀를 넘어 발목까지 흘러넘쳤다
독립적인 방을 가질 수 없는 종족

이난영의 〈목포의 눈물〉이
미닫이문 저쪽에서 흘러왔다

고물상에서 건져온 낡은 전축에서
오줌 누는 소리
비닐봉지 날아다니는 소리
가을바람 소리가 흘러왔다

오래전에 본 인도의 불가촉천민들은
하나의 방에 소와 함께 묶여 있었다
카스트의 멍에를 뒤집어쓰고 있었다
두 개의 문을 가질 수 없는
그들의 삶에는 금기가 없을 것이다

〉

소반에 발을 얹어서는 안 된다
소반 모서리에 앉아서는 안 된다

명절날 아침마다 구식 양복을 차려입고 있던 아버지의
생 전체가 낡은 전축, 낡은 별의 시놉시스다

살청, 푸른빛을 얻다

푸른 기운을 죽여야 한다는 말이
놀라웠다, 살청(殺靑)
무쇠솥에 찻잎을 덖어서 맛보는 자의
사지가 부드러워지고 혀의 독(毒)이 빠지는 순간

들끓는 생각이 묽어지는 그런 때
껍질 안에서 이미 딱딱해져 있거나
아직 몸이 촉촉한 강낭콩의
푸른빛을 벗기고 앉아 있을 때
모처럼 둥근 고요가 양푼 가득 찾아오듯이

대청 아래 묶인, 흰 개의 눈을 들여다본다
짐승의 시간을 지나는 것이라면
무연하게 깜박이는 흰 빛을 말하는 것이라면
부칠 수 없었던 내 뜨거운 문장들도 부디 살청이었길

어두워져가는 악양(岳陽)의
무쇠 빛 산 그림자를 바라보고 있을 때

저녁 해가 손바닥만큼 남은 빛으로

　지리산 골짜기의 광활한 비애를 거두고 있다, 살청
이다

　• 경상남도 하동군 악양면.

봉인된 시간

흰 것의 심연엔 무엇이 있나
흰 모래 속에 길 잃은
새끼 복어가 묻혀 있다
박제된 두 눈이 말을 걸어온다

나는 두렵다
나는 꿈꾼다
물고기가 새처럼 날고 싶어 했던 흔적

비린내가 사라진 지느러미는 날개를 모래 위에 그려
놓았다
흰 구름 속엔 뭐가 들어 있나
삼신할머니, 죽은 영혼들, 생물이면서 말 없는 것들

흰 것의 심연은 검은 것
검은 눈동자 속엔 광활한 가슴속 젖은 모래를 소리
없이
뱉어내는 흰 수염 고래의 휘파람이 살아 있다

일 안 하려고 고집부리다가 뽕나무에 매달려
굵은 눈물을 흘리는
황소의 눈망울이 봉인된 시간 속에 있다

길 잃은 여섯 살의 공포가 밀랍되어 있다

낮술

내 이야기는 버리기 위해
망가진 호주머니에서 꺼내 들려주고 싶다

책거리 삼아 남은 날들은
모직 외투를 입지 않은 날들은
변방의 하구를 어슬렁거리겠다

철책이 들려주는 비릿한 이야기와
무박(無迫)으로 살아 있던 햇빛과
흑백사진 속 기억의 앞니 빠진 혈통과
뼈저리도록 나를 앉혀주었던 무릎과

헛다리품을 판 후에야 애써 찾던 것이
오래전에 사라졌다는 것을 깨닫게 될 때가 있다
다리가 아파 울고 싶을 때가 있다

밖이 잘 들여다보이는 시내 주점에 자리 잡고 앉아
사라진 시인이 혈육처럼 남긴

초봄의 눈발을 바라보고 있다

내 마음은 적요 속에서도 몹시 붐비다[•]
낮술을 마시니 모르는 얼굴까지 그립다

———

• 박용래의 시 「저녁눈」에서.

오래된 사이

바다를 느끼는 카메라 셔터의
신경이 곤두서 있다
바삭 마른 실루엣, 남자가 보인다
11월 모양으로 서서 피사체를 찍는다
뒤로 물러났다가 앞으로 다가갔다가
모래 바닥에 한쪽 뺨을 대고
모로 눕는다 연인처럼 나란히 누워
눈을 들여다보며 셔터를 누른다
그는 한쪽 어깨로 모래사장을,
해변의 그늘을 다 짊어지고 있다
고행이라면 고행이다
나도 옆으로 몸을 기울여 돌이킬 수 없는
관계처럼 바다를 바라본다 낯설다 본 적 없는
얼굴이다 바다의 뺨에 내 뺨을 대고
나란히 누워 다시 들여다봐야겠다
당신, 고뇌의 모래사장을 내 한쪽 어깨로
온전히 받아 짊어지고 다시 안아봐야겠다
오래된 신(神)의 눈을 지겹도록

들여다봐야겠다 서로 낯설어질 때까지

서로 지극해질 때까지

피나 바우쉬*의 왈츠

말로 다할 수 없기에 물에 찬밥 말아 먹다가
체한 천사가 가슴을 주먹으로 치고 있다
춤과 언어는 다만 힌트를 구할 뿐

붉은 보자기를 서로 끝없이 주고받는다
매듭을 묶었다가 풀어버린다
하혈과 출산과 불씨가 어느 항아리에 담겨 있는지
찾아야 해 힌트를 계속 찾아야 해

둥근 고요가 스스로 떠오를 때까지
그렇게 깨우쳐갔어요
흰 시스루를 입은 슬픔의 군무(群舞)
바람 불지 않는 항해는 없어요
속살이 얼어 터진 어부(漁父)를 달래며

상처 많은 하늘을 보자기로 감싸 머리에 이고
여자들은 화단 바깥으로 걸어 나가고 있다

• 독일 출생의 세계적인 무용수.

엽흔

어제 눈 이야기를 안주 삼아
막걸리를 마셨더니 오늘은 눈이 내린다

겨우내 무릎 꿇고 있던 사과나무가
반짝이는 눈가루를 한 줌 기억처럼 붙잡고 있다
참회 끝에 받아 안고 싶었던 게 다만 눈송이인가

유리창 너머를 바라보며 무연고자를 생각한다
스무 살 때 처음 찾아가보고 다시 못 찾은 무덤
찾는 이 없어 버림받은 뼈 항아리, 항아리로 남은 아
버지

나무는 일찍 가버린 자의 엽흔(葉痕)
상처 위에 새로 돋은 잎, 꽃
떨어져나간 고통을 나는 피부로 기억한다

메밀밭의 고독 속에서

발목이 붉은 새를 보면
마음이 간지러워진다
울어서 분홍이 된 눈

여름밤이면 메밀꽃이 천일염처럼 들판을
쓰라리게 덮었다

이 집 저 집 이효석의 나귀를 빌려 타고
야매 파마를 해주러 다니던 대화면 하안미리
팔다리를 뜯긴 가여운 고추잠자리와
덮기 싫었던 남의 집 애기 똥 묻은 이불과

코 묻은 유년의 서사가 흰 소금밭 속에 염장되어 있다

동굴 가득 여자들이 모여 마늘을 먹는 대신
밤새 보자기를 뒤집어쓰고 있었다
머리카락이 라면이 되는 마술
마술사인 엄마 등에 업혀 걸어 나오는 새벽길 십 리

방림 처녀귀신 바위를 지나갈 때는
긴 손가락이 두 귀를 잡아당기기도 했다

가난과 민담과 청상의 고독이 만들어내는
위태로운 세계의 양철 지붕을 나는
시시때때로 두드렸다 과자 사 내놓으라고

밖으로 불려 나와 얻어맞은 입술은
울음 끝의 딸꾹질은
과자로만 달랠 수 있었다
과자는 불안한 영혼의 어금니를 썩게 만들었다

바닥에 관한 성찰

저녁이 깊이 헤아려야 할 말씀처럼
두텁게 내려앉는 11월

뱀은 껍질을 발자국처럼 남기고
숲으로 사라진다
얼굴은 들고 허물은 벗어놓고

온몸의 발자국 같은
발자국의 온몸 같은 너의 껍질을
목간(木簡)처럼 받아 들고 나는 깨닫는다

얼굴을 꼿꼿이 들고 낡은 몸을 버리고 숲 속으로 사
라진
너의 내성이 인류를 구하리라
바닥에 납작 엎드려 너는 자존심을 감추고 살아 있다

관능의 화신으로 악마의 화신으로
돌팔매질당해온 너의 깊은 슬픔

바닥을 쳐본 너의 고통이 세계를 구원하리라

짐승에서 인간으로, 짐승에서 인간까지

강남역, 시다림

강남 한복판에서 생각이 비파나무 젖은
잎사귀처럼 너울거릴 때가 있다
비파, 비파, 비파, 본 적도 없는 악기를 켤 때가 있다

비가 오니 발이 멀리 있다
고대 인도의 소가 되어 무거운 짐을 달구지에 싣고
일 유순 이 유순 스파게티 전문점으로부터
멀어진다 멍석을 말듯 안쪽으로 안쪽으로

나는 걸어 들어온다 찻물을 끓일 때도 세수할 때도 늘
웅크리고 있던, 불안해하던 오른쪽 발가락만 데리고
온다
나와 상관없는 지혜의 길고 찢어진 눈동자가

오래오래 바깥을 응시할 때
도너츠 가게와 막걸리 주점과 재즈 바와 택시와
설탕으로 만든 사람들이 북적대는 제4의 공간이

＞

인도의 시다림 같다
누가 야차인가? 당신인가 나인가
날마다 고층 빌딩에서 고공 고행하는 자들인가

늙은 아소카 나무 옆구리에서 태어난 자들은
열두 시간을 기차 바닥에 숲 속 수행자들처럼 앉아 있
었다

4부

자벌레는 세계의 그늘을 잰다

원곡동, 스패니시 할렘, 명왕성
힙합 가수는 자신을 탕진했노라고 랩으로 고백하고

자벌레는 몸으로 느릿느릿 세계의 그늘을 잰다

검은 그림 속에 연두 그림
연두 그림 속에 분홍 그림
분홍 그림 속에 자꾸 멀리 가는 사람

이불을 뒤집어쓰고 있던 흐느낌이
누구를 위한 것이었느냐고 묻는다면 모두를 위한 것,
깍두기를 먹다가도 너무 모질다고 말하던 사람

나중에 다시 볼 사람
나중에 다시 들을 음악

나중에, 나중에, 라고 말하는 대신
저 산 위에 배를 띄우겠다

비탈진 곳에 구름과 비가 섞여 있다

검은 그림 속에 연두 그림

연두 그림 속에 분홍 그림

분홍 그림 속에 검은 기억은 그림자까지 모질게 살아
있다

해금을 위한 블리자드

처서가 지나면 북쪽 나무들은 피를 식힌다
얼지 않으려고 물을 뿌리 쪽으로 내려 몸을 말린다
장구채를 잡았던 손가락을 개숫물에 담가
더운 피를 식혔던 외할머니처럼

야윌 대로 야윈 자작나무는 때로
먼 남쪽까지 날아가 그림 속 말이 된다
천마총의 천마(天馬)는
자작나무 흰 껍질에 아로새긴 화공의 꿈이기도 하고
신라 여자의 꿈이기도 하고

한계령 지나며 해금을 듣는다, 사이다 맛 난다
단풍놀이 가서 사이다 병에 담아온 약수로
지어주신 외할머니의 약밥도 혀끝이 아렸다

어떤 꿈들은 다른 시공을 포개 만나기도 한다
마른 몸은 잘 타므로, 눈밭에 불을 지르기도 하므로
자작나무는 몸이 식어가는 파르티잔들에게

뜨거운 심장을 내주기도 한다

영원히 등을 눕히지 못하는
천마들의 활대질이 눈보라를 일으킨다

1월 1일의 질감

하늘과 바다가 서로의 눈을 들여다보고 있다
어쩌면 저렇게 늙고 새로울까

새해 아침 바다는 정말 맛있게 생겼다
싱싱한 횟감의 질감을 가졌다

너무나 살고 싶어 하는 바다
바라보는 자의 골수까지 파랗게 물들이는

오늘에서야 기억하고 있던 바다와 대면했다
바다의 위로를 읽었다
바람 부는 날의 바다는 나의 왼쪽에
비가 오는 날의 바다는 나의 오른쪽에

팽개치고 있던 무엇인가를 확인하는 날이다
새롭게 시작되는 허무
1월 1일의 처신, 1월 1일의 정처

〉

맑고 파란 바다의 두터운 내막은

불우, 깊이 구질구질하다

먼 친척의 우환까지 확인하고

상경하는 1월 1일은 소금에 잔뜩 절여져 있다

왕과 나

아무래도 난 미친 것 같아˙
폐부에서 흘러나온 말

마주 보는 창에 눈물방울 빗방울처럼 떨구며
헤어지기 싫었던 사람, 왕들에게도 있었나

모자를 벗겨본다 수의 자락을 들춰본다
황금 수사로 치장한 맨가슴을 만져본다
전주 경기전에 진열된 이조 왕들의 영정 속

그려진 눈동자를 들여다본다
액자 속에 갇힌 돌덩이 권력의
딱딱한 입술에 말을 걸어본다

진심을 알고 싶다
경기전 내부의 대숲에 부는 바람따라
녹색 대롱을 타고 똑 똑 흘러나오는
녹색 진언을 듣고 싶다

>

머뭇거렸다거나 부끄럽다거나 보고 싶었다거나

병풍 뒤에 숨어 울어

빨간 토끼눈으로 건네주는 젖은 말

이조 왕들을 몽땅 뒤주에

폭설(暴雪)에 가뒀어야 했나

• 사도세자의 말.

싱싱한 수사

이불을 걷어내자 셋은 생물처럼 싱싱했다
피 한 방울 묻지 않은 깨끗한
세 덩어리를 허름한 노끈이 칡넝쿨처럼
휘감은 채 옆으로 자라고 있었다
극약을 소주에 타 마신 후,
타 먹이기 전, 두릅을 엮었을 것이다
열다섯 열일곱 아이들을
학교에 보내주지 못했던 우유배달원은
일 점 오 평 이승의 궤짝 속에서 함께 일어나
함께 양치한 일밖에 해준 게 없어 꼭
아버지 노릇을 하고 싶었을 것이다
오래전 집 나간 아내를 열외(列外)시킬 수 있는
한 두릅의 복수, 한 두릅의 사랑
처음이자 마지막으로 부려본 그들만의 호사를

죽음을 치장한 한 가닥 싱싱한 수사(修辭)를
읽다 만 수사학의 가운데 페이지에 방부제처럼 끼워
둔다

해석되지 않는다

늙은 독학자는
끝을 본 사람이 아니라
이제 시작하는 사람

독학자의 음악은 하나의 점
독학자의 언어는 하나의 점

점의 정수리를 뚫고 뿌리로 내려가는 깊이
그 깊이 앞에서는 누구나 시작하는 사람

궁극에 가면 모든 것은 모든 것으로
색소폰 소리는 바이올린 솔로 소리로
시는 호랑이 가죽으로

남는다, 위태로운 열정에 빠져
시작과 끝은 달빛 아래 흰 나무의 뿌리와 함께
달아난다 해석되지 않는 빛과 어둠과 함께

단지 모자가 있다

단지 빗방울이 있다
단지 바람이 있다
단지 보라색 모자가 있다

닿지 않는 당신의 선과 나의 선
닿지 않는 당신의 면과 나의 면
단지 선과 면이 있다
사지(四肢)가 없는 사람들처럼
우리는 이리 간절하다

비의 종교는 비
바람의 종교는 바람

지렁이는 사지가 없이도 전사처럼
맹렬히 진흙과 사랑에 빠진다
맹렬히 침묵한다

\>

단지 땀으로 등이 흠뻑 젖은 카키색 육체가 있다
비애는 중얼거리지 않고 침묵한다

여기 명랑한 유리병이 있습니다

여자는 유리로 손목을 긋는 고통을 지나왔다

교차에 의해 승인되고
구겨지는 생의 질감들
여자와 새
새와 미농지

에이즈에 걸린 스물넷 여자는
네 살 딸아이가 무슨 약이냐고 물으면
건강에 좋은 약이라고 귓불에 속삭인다
대답 대신 비눗방울을 목에 걸어준다

투명한 유리병의 심부는 고통으로 가득 차서
눈앞에서 산산조각 날 때가 있다
카메라 앞에서 활짝, 우기(雨期)의 우산살처럼
웃음을 펼쳐 보이는 녹슨 잇몸

그냥 얼룩, 한 숟가락, 한 줄기

동백꽃과 함께 툭 떨어질 모녀의 한 컷

여기 명랑한 유리병이 있습니다

몽돌에 새긴 글
— 잉크빛 그늘

몽돌에 새긴 목숨 수(壽) 자가 유물이 되어
저 닫힌 안쪽에 보관되어 있을 것이다

문이 닫혀 있었다, 다섯시 반
저녁이 다가오느라 볕이 환했다
양양, 볕 많은 오산리에서
선사시대 얼굴이 발견되었다는데

닫힌 박물관 앞에서
물기의 발원을 오래 생각했다
물기를 따라 사람들이 걸어왔을 것이다 홀로
혹은 무리 지어 선사시대부터 닫힌 박물관 앞까지

해마다 오월이면 아카시아 꼬리에서
물고기 비린내가 났을 것이다
짐승처럼 수렵만 한 게 아니라면
누군가 빼앗긴 애인을 되찾기 위해

\>

　신문지에 칼을 싸 들고 가 구들장에 꽂았다는
　피 묻은 내력에서 물기의 서사가 생겼을 것이다

　문이 닫혀 있었다면 시간이 흐르고
　지질학적 시간으로는 내일 몽돌에 새긴 글씨를

　목숨 수를 햇볕 아래서 오래 생각하게 될 것이다

심리적 참전

도화지는 마음을 좀처럼 열지 않는다
무거운 잠수종(潛水鐘) 눈꺼풀을 열기 위해

기다린다 상처 주지 않고 공격하지 않고
그동안 흰 도화지 속엔 함박눈이 내리고
갇혀 있던 조랑말들이 신나게 돌아다닌다

바람을 넣은 빈대떡, 차가운 유리컵, 할아버지가 끼던
돋보기의 쓸쓸함이 가슴께로 천천히 머리를 기대온다
그가 입고 있던 티셔츠의 파랑이 도화지에 스며든다

그림 속 사람들은 귀가 크다 도화지의 말을 듣기 위해
1987년생 화가 김태호의 귀는 보리처럼 자란다
느리게 가까스로 고백한 도화지의 속말을

아끼지만 다시 파란 물감 속에
보석을 파묻는다, 자폐증을 앓고 있는 도화지와
태호는 서로의 고통에 참전˙하고 있다

>

하루 종일 그림만 그리지만 너무 느려서

태호는 도화지처럼 보이기도 한다

• 심리학자 정혜신은 타인의 고통에 진심으로 귀 기울이고 공감하는 과정을
  '심리적 참전'이라고 표현했다.

하노이의 밤

이발소 튀김 가게 싸구려 선술집이
강 안쪽에 고여 있다

낮은 촉수의 불빛이 천막 안에서 썩어가고
자본주의에서 수입한 골반바지에서
엉덩이가 흘러 나왔다 여자는 쪼그리고 앉아
접시를 씻고 있다

잎담배를 피우고 있는 남자 아이들의
하노이식 소주는 이루 말할 수 없이 쓰다
공사장에서 잔다는 소년이 동과 달러를 바꾸자고 했다
노동으로 단련된 아이의 떠돌이 손을 잡아주고 싶었
으나

아이는 손 대신 쓰라린 몸을 내밀었다

당신이 말보로를 가진 걸 알아요
저와 함께 가주실래요?

— 밤이에요 젊은이, 늙은 마담이 까펫 대신 블럭을
깐다 —

— 마담, 나는 당신이 함부로 가질 수 있는 사람이 아
니에요 —

블럭에서 오렌지색 피가 불빛처럼 새어 나왔다

얼지 마, 죽지 마, 부활할거야

길 위에서도 잠이 쏟아질 때가 있다

완전히 안을 수 없지만
절반쯤 가졌다고 생각했을 때
안개 짙은 머릿속에서 무적(霧笛)이 울렸다

당신과 나 사이에 불이 켜졌다
절반쯤 갖는 게 가능한가
전부이거나, 아무것도 아닌 당신

하루 종일 무적 소리 때문에
잠이 쏟아진다, 점등의 순간
다급할 때 쏟아지는 잠을 설명하기 어렵다

아사 직전 동사 직전 크레바스에서
달콤한 잠이 쏟아지는 이유
얼지 마, 죽지 마, 부활할거야

>

아무것도 갖지 않으려 할 때부터
등대는 무엇을 비추고 있나
고물거리는 바다의 발가락

파란 빨랫줄처럼 가느다란 선
그 줄에 물고기의 파랗고 단순한 슬픔이 걸려 있다

• 비탈리 카네프스키 감독의 영화.

구름, 백합, 보드카, 마리아 칼라스

극장 밖은 잊어야지
솜털처럼 가벼운 악보들 사이에
음표 하나로 앉아 있는 게 불안하다

페스티벌 중이었다
소프라노 가수는 망사 모자 속에 있었다
시간을 어르고 달래는 흐느낌

구름, 햇빛, 자작나무 숲, 보드카, 코사크, 백합의 이
름으로
노래가 꽝꽝 얼었다
가수의 노래가 빙하기의 얼음 속으로 사라지는 동안

매일 타고 다니는 자전거가 망가지고
화석이 되었던 벌레가 살아나고
후쿠시마 원자력 발전소가 폭발했다

러시아 민중의 역사는 민중이 없어도 흘러간다

내가 맛있는 밥집을 찾아가는 동안에도
병사들은 수류탄을 안고 자살한다
다만 어긋난 사태들이

세기적인 소프라노 가수가
노래를 멈추고 책을 읽는 동안에도
그녀가 책을 덮고 노래를 하는 동안에도
그녀가 노래와 책을 완전히
덮은 다음에도 자주 일어난다
마리아 칼라스는 철학책을 많이 읽었다

북극의 눈물

결빙이 문제다
얼지 않았다면 녹지도 않았을 것이다
결빙 구간에 '생각하면 아픈 나날'이라는
조각품이 서 있다
녹지 않는다면 얼지 않을 것이므로

생각할수록, 생각하지 않아도
나날들은 분명 아프다
곳곳에 결빙 구간이 있다
조심하시길, 극지(極地)에서 차라리 나는
주르륵 흘러내렸다 동화, 눈사람에서
난로 아가씨를 사랑한 눈사람은 난로를 껴안았다

무엇을 뜨겁게 껴안았는지
북극이 녹아내리고 있다
북극의 눈물, 누가 짓궂게도
통점에 눈물을 갖다 붙였나
숙명은 짓궂은 데가 있다

만년설에 균열이 생기기 시작한다

얼어붙었으므로 녹아 흐르기 시작한다
결빙으로 자초한 만년 동안의 고독은
극지에서 녹아내리기 시작한다
극지는 모진 지점이 아니라 무른 지점이다

'당신'의 깊이, 그 심리적 참전

최현식 · 문학평론가, 인하대 교수

M. 피카르트에 따르면, 인간 안에는 언어가 하나의 전체로 깃들어 있다. 이런 까닭에 언어는 발화 이전에는 침묵하는 전체로 존재하며, 이를 근거로 우리 내면의 역사는 연속성을 보지한다. 침묵의 언어가 완전성과 순진성의 지평에 존재한다는 믿음과 생각의 출발점인 것이다. 하지만 그것은 목소리와 문법 이전의 상태라는 점에서 공포와 어둠, 불확실성과 뒤섞여 있는 아직 아닌 형식의 일종이다. 이런 사태를 고려하면, 시어든 과학어든 진선미의 현현에 참여하는 모든 언어는 '소내(疎內)'를 자기동력학으로 삼을 법하다. 소내는 소외됨의 지독한 부정성을 껴안으며 오히려 그것을 긍정적 도전으로 받아들인다는 뜻을 가진다. 이 때문에 소내는 사실과 논리에 즉하는 과학보다 주체와 타자의 대화적

결속 및 통합에 몰입하는 문학예술의 권역에 보다 적합하고 또 어울린다.

나는 권현형의 새 시집 『포옹의 방식』에 〈'당신'의 깊이〉를 그 지향점의 하나로 부쳐두었다. 실존과 타자의 해안선을 따라 소내하는 설움이 "강렬한 햇볕"(「닌빈의 햇볕」)으로도 동시에 회감하고 있다는 느낌 때문이다. 그 〈'당신'의 깊이〉를 실현하는 "심리적 참전"은 "타인의 고통에 진심으로 귀 기울이고 공감하는 과정"(「심리적 참전」)을 일컫는 말이다. 부연컨대 '당신'으로 소내하는 정신의 기초와 궁극을 지시하는 비유라고나 할까.

전투의 가족어 '참전'은 따라서 '당신'의 깊이를 향한 싸움의 격렬성과 끔찍함, 그 쾌미와 고통을 함께 아우르는 날선 감각의 비유일 수만은 없다. 오히려 타자를 향한 영혼의 투기(投企)와 그를 숨겨진 언어 속에서 끌어내는 데 필요한 열정과 냉정의 동시성을 가리키는 말에 가깝다. 냉정 없는 진격과 열정 없는 휴식 없이는, 또 그 반대 상황의 무수한 반복 없이는 어떤 전투에서도 승리는 없다. 과연 타자에의 참여와 결속은 이를테면 "자폐증을 앓고 있는 도화지와 / 태호"가 "서로 고통에 참전하"(「심리적 참전」)는 상호 구원의 나선형적 실천에서 겨우 가능한 것이다.

'당신'을 향한 권현형의 "심리적 참전"은 현재의 소

외를 직접 묻기보다 "박제된 두 눈", 바꿔 말해 오래전 봉인된 시공간에 은폐된 "길 잃는 여섯 살의 공포"로 되돌아간다. 이 지점이 단순히 비극적 현재의 기원으로 귀착되지 않는 것은 그곳에 "물고기가 새처럼 날고 싶어 했던 흔적"(「봉인된 시간」)이 점점이 박혀 있기 때문이다. 이 '공포'와 '희망'은 당연히 누군가의 특권이라기보다 삶의 행로에서 모두가 마주치기 마련인 보편적 경험이다. 이를 존중한다면, "심리적 참전"이라는 시어는 모두의 경험을 총괄하는 서정과 감각의 재현에 더 익숙해야 할 듯하다.

시는 그러나 상투적이며 아늑한 정박(碇泊)보다는 모나고 "달콤 쌉쌀한 외박"으로 비뚤어짐으로써 에로스의 충격과 황홀을 더욱 넓혀왔다. 시의 욕망을 향해 "어떤 귀환도 충분히 귀환하지 못한다"(「어떤 귀환에 대한 애도」)는 결핍의 징표를 더할 수 있다면, 충만함의 저런 변이성과 돌발성 때문일 것이다. 하지만 우리는 '귀환'의 결핍 혹은 불충분함이 서정시의 미래를 계속 열어온 토대이자 역사였음을 그 숱한 시사(詩史)들에서 충분히 보아왔다.

따라서 '공포'와 '희망'을 동시에 품은 우리들이라면 "삼신할머니, 죽은 영혼들, 생물이면서 말 없는 것들"(「봉인된 시간」)과 같은 부재하는 현존들의 침묵 또는 미성(微聲)에 훨씬 예민해야 한다. 그럴 때만이 '당신'과 '나', 현재와 과거, 희망과 공포는 끝내 대립함을 넘어, 서로의 합일과 보충을 향해 나아가는 자유를 움켜쥘 수 있다. 아래에 보이는 '물음'의 형식이 저 가뭇한 타자들의 목소리를 들으려는 '청취'의 형식이기도 한 까닭이 이로써 설명된다.

저물 무렵의 겨울 정미소를 지나며
잇몸이 시리다 속을 알 수 없는 채로
수확의 계절이 지나가고
아침마다 잠에서 깬 세 살 아이는
제 방 문밖으로 나오며 치열하게 물어온다
아무도 없어요?

나도 사실은 세 살부터 지금까지 문밖에서 질문을 해왔다
신우대 숲 사이로 나무 한 그루가 다리를 절룩이며 사라진다
오래전 화개장터에서 통째로 삼켰던 은회색 빙어가
세계 전체에 의문부호를 걸어 흔들어놓는다.

—「사물의 기원」 부분

"세 살 아가"는 현실의 아이일 수도, 당신과 나일 수도 있다. 아이의 "아무도 없어요?"라는 물음은 누군가의 있음과 없음을 확인하는 의례적 언사가 아니다. 왜냐하면 저 물음과 함께 아이 혼자의 낯섦과 공포는 신과 자연, 타자에 대한 가없는 갈구와 그 도래의 희망으로 제 몸을 변전하고 부풀려가기 때문이다. 그 안에서 아버지의 아버지의 과거와 아이의 아이의 미래가, 또 그들을 연결하고 통합하는 우리의 삶이 함께 둥지를 튼다. "아무도 없어요?"라는 물음이 켜켜이 쌓여 밀려드는 인간 전체의 내면사(內面史)와 지금 여기에서 그것의 개성적 현전을 동시에 호출하는 절대언어의 한 모습일 수 있다면, 시공간을 가뿐히 초극하는 저런 전체성과 관계성 때문일 것이다.

한 시인의 내면을 청취하고 그의 개인적 질문을 되물으면서 거기에 오랜 역사와 삶을 호출하는 것은 어쩌면 지나친 해석일 수 있다. 하지만 우리의 역사와 삶이 "오래전 화개장터에서 통째로 삼켰던 은회색 빙어가/세계 전체에 의문부호를 걸어 흔"(「사물의 기원」)드는 것과 같은 우연성과 돌발성의 중첩 아래 진행되어온 것 또한 사실이다. 권현형의 '물음'이, 그에 답하려는 시적 충동이 낯설다면, 저 뜻밖의 사태들을 우리의 평범한 일상과 범속한 육체에서 채굴하는 예민한 감각과 기술적 힘

때문일 것이다.

『포옹의 방식』을 구성하는 여타의 주체를 들라면, 김수영, 이백, 바하만, 헤밍웨이, 카뮈, 전태일 들을 들어야 할지도 모르겠다. 이들의 삶과 텍스트는 새로운 감각과 미적 혁신을 통해 우리들의 '공포'와 '희망'을 전혀 낯선 지평으로 호출해갔다. 비유컨대 이들은 "객지에서 흘러온 게"들이며 "고향을/삐뚜름하게 걷고 있"는 예외적이며 일탈적인 영혼들이다. 이들을 향한 시인의 편애를 짚어보라면 나는 "자신은 비겁해서 가고 싶은 길을 가지 못한 사람"에서 찾을 것이다. 물론 이때의 비겁과 좌절은 현실에의 패배와 몰락이라기보다, 시인으로 살면서 "시(詩)는 때로 썩은 가리비처럼 무용하다"(「저녁 일곱시 해안선」)라고 고백하는 낭만적 아이러니의 획득과 관련되는 것이다.

아니 어떻게 비겁과 좌절과 무용(無用)이 이들의 미학적 성취와 영광에 아로새겨진 "심리적 참전"의 징표일 수 있는가? 이에 대한 답변에서 참전의 사실 목록보다 훨씬 충격적이며 효율적인 언술은 독자의 감각에 보다 가까운 "나는 가고 싶은 길을/갔으므로 비겁한 사람"(「저녁 일곱시 해안선」)이라는 자기고백이다. 아마도 저 미학사의 별들은 처음부터 가지 않은 사람들이 아니라 "가고 싶은 길"을 가본 후 "가고 싶은 길을 가지 못한" 사람들일 가능성이 크다. 전태일이 "호모 파베르이며 호모 루덴스", 그러니까 공작(노동)과 유희에의 동시적 참여자일 수 있었던 까닭은 "들이닥칠 불행이 아니라/들이닥칠 스물두 살의 연애를 예감했"기 때문이다. 실제로 22살의 전태일은, 이후의 역사가 증명하듯이, 사적인 죽음의 고통에 사로잡히는 대신 그것을 공동 소유의 "실핏줄처럼 터지는 빛"(「헤밍웨이, 카뮈, 전태일」)으로 전환시키는 혁명적 예지의 참전자로 거듭났다.

이 모순적 연애의 선취와 분배는 권현형의 서정이 예외자들에 대한 연민과 애도를 넘어, "해안선의 끝에는 태초의 비린 어스름 있"(「저녁 일곱시 해안선」)는 원초적 공간으로 휘돌아가는 첫 번째 이유에 해당한다. 예외자들의 "심리적 참전"은 삶의 모범적 모델로 각박해지기보다, "서러워하는 사람"(「저녁 일곱시 해안선」)들을 향해 삶의 찬란한 순간을 언제 어디서고 폭발시킬 줄 알기에 위대하고 영원한 것이다. 이들의 '참전'의 언어는 세계와 존재, 사물을 날선 이항대립과 분리의 장(場)에 처박기보다는 저것들이 서로를 함께 부르면서 팽창할 수 있는 방법과 기회를 제공하는 일에 능숙하고 활달하다.

바로 이 지점에 예외자들, 곧 '당신'들의 깊이가 우리들의 일용할 양식으로 제공되는 어떤 비밀이 존재한다.

'너'를 통해 '나'이고자 하는 그들 고유의 "스물두 살의 연애"들은 순간의 환호작약을 위한 동경과 욕망의 형식으로 주어지는 법이 없다. 그 짙푸른 연애들을 아낌없이 그리고 두려움 없이 통과함으로써 끊임없이 사유·변신·도약하는 우리들을 낳고 성숙시키는 존재 성장의 서사, 거기에 그 어떤 비밀의 원리와 가치가 울울한 것이다.

물론 존재의 유의미한 성장과 도약은 더 잘 실패하는 법의 지속적 경험과 내면화를 그 대가로 요구하기 마련이다. 이를테면 '당신'과 나의 동행과 결속은 서로를 거울 속에 무작정 잠근다고 해서 "감정이 더 진해"지지는 않는다. 서로를 향한 감정의 진화는 "떨어지는 눈물의 낱장을/패엽경처럼 보자기에 싸두어도/비대칭의 슬픔은 다시 울창하게 자"라는 어쩔 수 없는 차이와 분열에 의해 더욱 가속된다. "없는 그의 발을 만져보기 위해 허공을 더듬어"(「패엽경─비대칭의 슬픔」)보는 행위가 허망하기는커녕 내가 너로 스미고 짜이는 최상의 에로스인 까닭이 여기 어디 숨어 있다.

무릎이 닿을까 봐 무릎 두근거리는 소리를 들을까 봐

뒷걸음질로 어둠에 혼자 갇힌다

맨손 체조를 하고 오금희를 추며

호랑이가 되었다가 새가 되었다가

곰이 되었다가 사람이 되었다가 착란을 거듭한다

무릎으로 좋아하는 사람이 있는 곳까지

먼 거리를 기어간다는 적극적인 구애가 부러운 저녁

할 수 없는 일이다

가슴 한복판에 닿기까지 사람이 되기까지

나는 단 한 번도 남의 무릎을 갖지 못했다

—「착란, 찬란」 부분

'착란'과 '찬란'은 동일한 대상을 향한 내면의 양가적 분열을 뜻하니, 그 심리 정황은 "비대칭의 슬픔"에 직결될 수 있다. 이 주체 분열의 슬픔은 어디서 기원하는가. 현재 자아는 "나 자신의 무릎"을 껴안고 있다. 무릎을 껴안는 행동은 추위, 공포, 불안, 위축과 같이 심리적으로 옹송거릴 때 흔히 나타난다. 자아는 현재 "무릎이 닿을까 봐 무릎 두근거리는 소리를 들을까 봐/뒷걸음질로 어둠에 혼자 갇"히는 수동적 감정에 사로잡혀 있다. 무릎을 껴안고 있는 모습을 떠올려보면, 사실로 주어지는 무릎끼리의 접촉을 두려워하는 정황이 오히려 비정상에 가깝다. 이런 감정의 교착 상태는 심리적 불안과 혼돈, 판단의 불확실성을 초래한다는 점에서 "착란" 바로 그것이라 해도 크게 지나치지 않는다.

경쟁과 서열의 끔찍한 피로사회를 떠올리면 '착란'은 불량한 자본과 권력, 거기 동조된 타자의 공격과 그에 따른 주체의 소외에 의해 발생, 심화되는 것이겠다. 그러나 뜻밖에도 '나'의 착란은 타자성의 접촉과 수렴에의 소외, 다시 말해 "단 한 번도 남의 무릎을 갖지 못했"기 때문에 발생한다. 보들레르를 빌린다면 '나'는 스스로가 사형수이자 사형집행자인 내파적 분열에 던져진 상황인 것이다. 그러나 주의하라, 분열과 공포가 통합과 희망의 서사로 내밀하게 전유되고 있음을. 심리적 변신의 순간이 궁금하다면 제목 "착란, 찬란"을 열어볼 일이다. 스스로의 "착란"에 예민하게 각성된 자아는, 더구나 그것이 "남의 무릎"을 향하는 상황임을 알아차린 '나'는 벌써 "찬란"의 문턱을 반쯤 넘어선 것이나 마찬가지다.

"착란"을 "찬란"으로 뒤바꾸는 심리의 반전은 그 진정성을 톺아내지 못하는 경우 낭만적 초월과 허구로 회의될 가능성이 크다.〈'당신'의 깊이〉라는 시적 성취의 목표는 분명한데, 그것을 수행하는 주체의 비전이 불확실하다면 어쩔 것인가. 이런 염려는 그러나 『포옹의 방식』에서는 큰 의미 없는 기우에 가깝다. 가만히 음미할 만한 권현형의 미덕이 "몸에 갇히면 몸만 남는다"라는 자기한계에 대한 차가운 응시와 "텅 빈 심연에서 꽃을 피워 올려야 하는 산수유의 노랑 고뇌"(「몸의 남쪽」)에 대한 뜨거운 수렴 그 어느 것에도 게으르지 않았다는 사실에서 찾아지기 때문이다.

시인은 특히 지상에 존재하기 어려운 "텅 빈 심연에서" 스스로를 피워내야 하는 '산수유의 고뇌'를 미당의 「자화상」이 그랬듯이 "죄의식"에 가탁했다. "죄의식"은 그것을 극복하고 치유할 수 있는 어떤 윤리나 의식의 확보 없이는 삶을 갉아먹는 파멸의 감각으로 괴물화되기 마련이다. "짐승에서 인간으로, 짐승에서 인간까지" 나아가기 위해 "바닥을 쳐본 너의 고통"을 내 안으로 끌어들이고, 그것을 "세계를 구원하"(「바닥에 관한 성찰」)는 제일의 원리로 규준하는 태도. 이것은 존재 파멸의 "죄의식"을 너와 나의 상생으로 도약하기 위해 자아가 취할 법한 최후의 지혜이자 열정이라 할 만한 것이다.

가령 다음과 같은 "분홍 문장"에의 간절한 욕망은 어떤가. 그곳으로 난 길에서 툭툭 차이는 "형해(形骸)" 및 순간적 노쇠에 던져진 사물의 존재론은 인간의 그것이기도 하다. 예컨대 "꽃은 인간을 닮아 있고/인간은 남의 가슴을 파고든다"는 말에 삶에의 회한과 슬픔 가득

한 서로의 유사한 운명애가 담겨 있다. 자아는 그 운명애를 "간밤에 어디론가 사라진/분홍 몸피의 다급한 문장이 궁금하다"(「분홍 문장」)라는 절박한 호기심과 물음에 의탁함으로써 여전히 그를 호명 중인 "심리적 참전"에 참여할 명분과 의지를 동시에 얻게 된다. 아래 시에는 그렇게 '당신'의 깊이에 참여하(려)는 자아의 어떤 국면, 이를테면 "교차에 의해 승인되고/구겨지는 생의 질감들"(「여기 명랑한 유리병이 있습니다」)을 돋을하게 직조하는 손길이 바쁘게 움직이고 있다.

그는 한쪽 어깨로 모래사장을,

해변의 그늘을 다 짊어지고 있다

고행이라면 고행이다

나도 옆으로 몸을 기울여 돌이킬 수 없는

관계처럼 바다를 바라본다 낯설다 본 적 없는

얼굴이다 바다의 뺨에 내 뺨을 대고

나란히 누워 다시 들여다봐야겠다

당신, 고뇌의 모래사장을 내 한쪽 어깨로

온전히 받아 짊어지고 다시 안아봐야겠다

오래된 신(神)의 눈을 지겹도록

들여다봐야겠다 서로 낯설어질 때까지

서로 지극해질 때까지

―「오래된 사이」 부분

사실을 말하건대, "명랑한 유리병"은 폐쇄의 공간이
아니라 타나토스와 에로스의 애절하면서도 뜨거운 교
감이 작렬하는 열린 삶의 현장이다. 가령 "에이즈에 걸
린 스물넷 여자"가 엄마 "약"을 궁금해하는 "네 살 딸
아이"를 향해 "건강에 좋은 약"이라 말하며 "비눗방울
을 목에 걸어"(「여기 명랑한 유리병이 있습니다」)주는 장면
을 떠올려보라. 죽음과 삶을 향해 서로 등을 맞댄 어미
와 딸의 정황은 서로의 사랑을 감안해도 비극적이다.
그러나 그녀들의 예정된 이별은, "명랑한 유리병"의 비
유가 시사하듯이, 슬픔과 좌절, 회한으로만 점철되는
패배의 서정과 서사가 아니다.

어미와 딸은 생물학적 시간의 길이와 상관없이 "오래
된 사이"라는 감각은 인류 공통의 것이라 해도 크게 틀
리지 않는다. 물론 「오래된 사이」에서처럼 그 관계를 연
인의 사이로 설정해도 그 정서와 감각이 달라질 것 없
다. '차이'라면 한쪽이 내리사랑으로 기운다면 다른 한
쪽은 수평적 사랑으로 흐른다는 정도의 것이다. 나보다
너를 중심에 두는 친밀함과 희생의 감각을 관계의 축으

로 삼는 이들은 "오래된 신(神)의 눈을 지겹도록 들여다"볼 때처럼 "서로 낯설어질 때가지／서로 지극해질 때까지"(「오래된 사이」) 사랑의 눈짓을 주고받는 대표적 인간형들이다.

물론 이들 사이는 어떤 경우 '친밀한 적'으로 상극함으로써 서로의 삶에 결정적 타격과 상해를 가하기도 한다. 하지만 이들의 사랑, 다시 말해 상호 배려와 수렴이 "검고 진득진득한 생의 멍에를 벗고／나는 점점 가볍고 얇고 환해지"(「모르핀 감각」)는 삶을 가장 먼저 나눠준다는 사실에 이의가 있을 수 없다. 〈'당신'의 깊이〉가 한쪽이 한쪽을 지향하는 일방적 관계가 아니라 "바다의 어두운 심층을 방언처럼"(「나의 기타 바가바드」) 서로 읽고 청취하는 쌍방적 관계임이 드러나는 결정적 장면이다.

모녀와 연인의 관계만큼 서로의 얼굴을 따뜻하게 응시할수록 더욱 즐거워지고 또 고통의 상황에서는 깊은 연민에 빠져드는 관계가 또 달리 있을까. 너(당신)들의 얼굴을 향해 "옆얼굴은 전생이 스쳐지나가는 길"로 새삼 규정하는 시인의 태도는 그러니 지극히 합당하며 또 명민한 발상이다. 특히 위기의 상황에서 상대방의 "고통"과 "상처"에 가장 민감하게 반응하는 존재들은 잠깐이라도 〈'당신'의 깊이〉에 참여하여 서로의 "전생"과 "자국"(「옆모습」)을 살아본 자들이 아니겠는가.

따라서 "초경(初經)의 어느 날을 다시/꺼내 읽는다 부모 없는 태초의 바다"(「나의 기타 바가바드」)라는 구절은 저 친밀한 존재들과의 관계 단절 혹은 거부로 읽힐 까닭이 전혀 없다. 그보다는 〈'당신'의 깊이〉로 참여한 순간 펼쳐지는 자기 도약과 변신의 일대 사건으로 이해되어 마땅하다. 남녀 불문하고 생물학적 2차 성징의 발현은 육체적 성숙과 더불어 주체를 타율적 권위에 의존함 없이 자유롭게 구성하고 사용할 수 있는 이성의 성숙을 의미한다. 물론 개별적 이성의 이런 공공적 성격은 끊임없이 스스로를 갱신하며 타자성의 바다로 흘러들 때야 〈'당신'의 깊이〉에 가닿을 수 있으며, 궁극적으로 그 구성인자의 하나로 참여할 수 있다.

이런 존재의 도약과 성숙이 시와 직결되어 있음, 아니 시의 그것이기도 함을 우리는 "바가바드 기타, 역설적으로 푸른 역사가 펼쳐지리라"(「나의 기타 바가바드」)는 고백과 선언에서 문득 마주한다. 따라서 "초경"과 "태초의 바다"를 동시에 떠올리는 행위는 그곳을 향한 존재의 귀환과 더불어 그것을 사는 시의 도래를 함께 알

- 힌두교 최고 경전의 하나인 「바가바드 기타」는 『마하바라타』에 편입된 시편(詩篇)의 하나로, 700편의 노래로 구성되어 있다. 바라타족의 전쟁 당시 성립된 역사적 배경에서 보듯이, 이 시편은 인간의 욕망과 악행, 오만과 폭력 들을 부정하고 극복하는 한편 모든 존재와 사물에 대해 은혜와 구제(救濟)를 베풂으로써 스스로 자유로워지고 부조리한 현실을 초극해야 한다는, 선과 자비의 성취를 핵심 내용으로 한다.

리는 시적 계시의 일종인 것이다.

　　이불을 뒤집어쓰고 있던 흐느낌이
　　누구를 위한 것이었느냐고 묻는다면 모두를 위한 것,
　　깍두기를 먹다가도 너무 모질다고 말하던 사람

　　나중에 다시 볼 사람
　　나중에 다시 들을 음악

　　나중에, 나중에, 라고 말하는 대신
　　저 산 위에 배를 띄우겠다
　　비탈진 곳에 구름과 비가 섞여 있다

　　검은 그림 속에 연두 그림
　　연두 그림 속에 분홍 그림
　　분홍 그림 속에 검은 기억은 그림자까지 모질게 살아 있다
　　　　　　　　　　　　　─「자벌레는 세계의 그늘을 잰다」 부분

　형용사 '모질다'는 흔히 배려와 교감 없는 다그침 또
는 그에 상응하는 행위를 강조할 때 쓰인다. 어감상 부정

적 느낌이 우세한 '모질다'가 타자성에의 자맥질과 도약으로 그 뜻이 변용될 수 있다면 서로를 향한 "심리적 참전"이 실천될 때만이 겨우 가능할 것이다. 과연 '당신'은 "이불을 뒤집어쓰고 있던 흐느낌이/누구를 위한 것이었느냐고 묻는다면 모두를 위한 것,/깍두기를 먹다가도 너무 모질다고 말하던 사람"(「자벌레는 세계의 그늘을 잰다」)으로 존재하는 중이다. '당신'이, 당신의 '노래'가 "나중에" 다시 보고 들을 대상이 아님은 "모두"를 향해 발산되고 또 모두에게 수렴되는 "세계의 그늘"을 고뇌하는 사람이기 때문일 것이다. 이런 고뇌와 사유는 현재진행형일 때만이 존재의 세계의 변화에 깊숙이 관여할 수 있다. 그렇다고 '당신'이 신에 비견될 만한 이상적 존재로 굳이 해석될 필요는 없다. 사실 인용의 마지막 부분에 표현된 모순형률의 '있음'과 그 나선형의 관계망을 사유하고 상상하는 것 모두를 '당신'이라 주석해도 크게 문제될 것 없을 법하다.

그런 점에서 권현형이 자신의 행보를 "나는 이동 중이다"와 "한 번 노래하고 아홉 번 걸었다"**라고 고백 중인 사실은 꽤나 의미심장하다. 시인의 최종 기착지는 "최초의 방"으로 상정된다. 그곳은 가난과 고뇌로 얼룩진 청춘의 공간이라는 점에서 이상적 귀환의 장소로서

•• 각각 「나는 이동 중이다」와 「한 번 노래하고 아홉 번 걸었다」에서 가져왔다.

는 그렇게 매력적인 장소가 아니다. 하지만 그곳은 결정적으로 "식물들이 나를 버릴 수 없어/썩은 뿌리로 살아있"던 생명, 바꿔 말해 '당신'의 공간이었다. 온전한 타자성에의 보호와 응원은 무엇보다 "그림자까지 살아있던/뼛속까지 나였던"(「최초의 방」) 주체의 경험과 승인을 가능케 했다.

현실에서는 다시 못 갈 그곳이 "자존심 높은 긍휼로, 나의 자취방으로, 그림자가 광합성하는 곳으로"(「최초의 방」) 숭고화되는 연유 역시 이와 관련된다. "최초의 방"은 "식물들"의 신성성–희생과 '나'의 범속성–순응이 가장 격렬하고 부드럽게 통합된 순간에의 그리움을 지속적으로 생산하고 환기하는 근원적 장소인 것이다. 이곳에서는 "여러 그루의 검은 나무들처럼 몸을 흔들며" "느릿느릿 제 무겁고 아름다운 음영을 어깨에 싣고"(「한 번 노래하고 아홉 번 걸었다」) 걸어가는 순연한 행보가 자유롭다.

"최초의 방"에 귀환함으로써 주어지는 자아의 확장과 심화는 미학적 운신의 폭과 그 깊이를 불러오는 계기와 힘으로도 작동한다. 물론 "최초의 방"은 기억과 상상을 통한 귀환의 장소로 표상되고 있다. 하지만 이런 제약은 그곳의 본질, 그러니까 "나를 기르는 식물들이 나 대신 깊고 푸른 잠을 잤"(「최초의 방」)던 영원한 '당신'에

의해 부질없는 것이 되고 만다. 이런 까닭에 권현형의
대조적이되 통합적인 빛의 인식은 개인적 상상의 발로
(發露)보다는 '당신'의 깊이에의 참여와 그것의 미학적
발현으로 먼저 이해된다.

이 경우 시어는 단지 대상을 호명하는 방법이 아니라
사물이 스스로 우리를 찾아오도록 안내하고 그것을 드
러내는 길로 성립한다. 다음 시편에서 현존 안에서의
모든 생성, 그러니까 "자기 자신을 향해 스스로 점점 증
가하며 유입되는 현존"(M. 피카르트)의 일단을 엿본다면
과연 지나친 감응일까.

1) 사랑의 영원은 편안하게 함께 국수를 먹는 것
　　서로의 발톱으로 살 속을 할퀴며 파고들며
　　천국과 지옥을 왔다 갔다 누리는 것
　　경쾌한 물소리를 함께 들으며 발목이
　　연분홍 꽃잎 같은 오리 새끼들을 낳아 기르는 것
　　　　　　　　　　　　　　　　　―「닌빈의 햇볕」부분

2) 들끓는 생각이 묽어지는 그런 때
　　껍질 안에서 이미 딱딱해져 있거나
　　아직 몸이 촉촉한 강낭콩의

푸른빛을 벗기고 앉아 있을 때

모처럼 둥근 고요가 양푼 가득 찾아오듯이

　　　　　　　　　　—「살청, 푸른빛을 얻다」 부분

　두 시편은 "연분홍 꽃잎"과 "강낭콩의 푸른빛"을 주의할 경우 심미와 행복의 절정을 달리는 화양연화(花樣年華)의 시절을 추억하고 예찬하는 것처럼 읽힌다. 그러나 〈'당신'의 깊이〉를 예리하게 파고드는 감각은 "강렬한 햇볕"(「닌빈의 햇볕」)과 "광활한 비애"(「살청, 푸른빛을 얻다」)를 열렬히 살지 않는 한 쉽게 얻어지지 않는다. 주어진 현재란 "짐승의 시간을 지나는 것"이며 "무연하게 흰 빛을 말하는"(「살청, 푸른빛을 얻다」) 순간으로 도약하기 위한 언어 단련에 투기되는 시절임을 '나'가 통각(統覺)할 때야 비로소 '당신'은 손을 내밀고 자기 삶에의 진입 문턱을 낮춘다.

　먼 타지 "닌빈의 햇볕"과 자기 땅의 "강낭콩의 푸른빛"을 동시에 통과함으로써 "사지가 부드러워지고 혀의 독(毒)이 빠지는 순간". 이를 두고 권현형은 "살청(殺靑)", 곧 "푸른 기운을 죽"(「살청, 푸른빛을 얻다」)이는 침묵과 도약의 행위라 일렀다. 한데 괴이쩍지 않은가, 거기에 "살청, 푸른빛을 얻다"라는 모순형률의 제목을 붙이다니. 만약 시인이 "살청"을 범속성을 가뿐히 초극하는 신성성의 한 국면으로 가치화했다면, '당신'은 더 이상 인간의 지평에 머무를 필요도, 또 까닭도 없다.

'당신'의 위대함은 스스로의 완전성을 자랑하기보다 우리에게 결핍의 고통을 지각하고 넘어서는 가장 현실적인 지혜를 짚어주는 것에서 비롯한다. 시인의 말을 빌리면, 그 지혜는 "햇볕을 좋아하는 얼굴에는/닌빈의 그림자"(「닌빈의 햇볕」)를 "문신처럼" 남기는 일의 중요성과, "저녁 해가 손바닥만큼 남은 빛으로/지리산 골짜기의 광활한 비애를 거두"(「살청, 푸른빛을 얻다」)는 일의 장엄함을 잊지 않도록 하는 종류의 것이다. 그렇다면 '당신'은 범접할 수 없는 저 높은 곳에만 위치하지 않고, 가장 낮은 곳을 포월(匍越)하거나 더욱이는 자기를 스스로 말할 수 없는 하위주체가 아니겠는가. "살청"이 "푸른 기운"을 죽이는 일일 뿐만 아니라 끝내는 "푸른 빛을 얻"는 것임의 속뜻이 이제야 드러난 셈인가.

우리는 이 "푸른빛"의 한 계기, 내가 〈'당신'의 깊이〉라 일렀던 삶 저편의 의미와 가치가 서서히 밀려드는 광경을 "저녁 일곱시 해안선"에서 때로는 즐겁게 때로는 먹먹하게 보아왔다. 이제 남은 일은 더욱 어두워져 파도 소리와 바람소리만 그 '있음'과 '생성'을 알리는 심야의 "푸른빛"을 엿보는 일이다. 그곳을 향해 "짐을 싸고 가방과 함께 자주 입을 닫는"(「나는 이동 중이다」) 권현형이 저기 또다시 어둠 속을 걷고 있다. 그의 눈이 "햇빛의 각도에 따라" "블랙박스"나 "아무것도 담기지 않은 백서(白書)로" 분할되기보다, 양자를 동시에 사는 형안(炯眼)의 복안(複眼)으로 더욱 촘촘해지기를 바라는 것은 비단 '당신'과 나만의 희망이겠는가.

문예중앙시선 029

포옹의 방식

초판 1쇄 발행 | 2013년 9월 30일
초판 2쇄 발행 | 2013년 12월 26일

지은이 | 권현형
발행인 | 김우석
제작총괄 | 손장환
책임편집 | 박성근
마케팅 | 김동현, 이진규, 이효정

디자인 | 오필민디자인
인쇄 | 영신사

발행처 | 중앙북스(주)
등록 | 2007년 2월 13일 (제2-4561호)
주소 | (121-904) 서울시 마포구 상암동 1651번지 DMCC빌딩 20층
전화 | 1588-0950
홈페이지 | www.joongangbooks.co.kr

ISBN 978-89-278-0484-0 03810

● 이 책은 중앙북스(주)가 저작권자와의 계약에 따라 발행한 것으로서 저작권법으로
   보호받는 저작물이므로 무단 전재와 무단 복제를 금지하며, 이 책 내용의 일부
   또는 전부를 이용하려면 반드시 저작권자와 중앙북스(주)의 서면 동의를 받아야 합니다.
● 잘못된 책은 구입처에서 바꾸어드립니다.
● 책값은 뒤표지에 있습니다.